Vermischte Gedichte

Abraham Gotthelf Kästner

1. Apollo und Bellona

Ein Göttergespräch.[1]

Bellona.

Wenn meine Helden sich jetzt nach dem Pindus ziehn,
Gestatt', Apollo, nicht, daß deine Söhne fliehn;
Wir haßten uns vordem, da nur noch Wilde kriegten,
Und Riesen, ohne Kunst, durch Faust und Stärke siegten:
Wodurch der schwache Mensch die stärkern Thiere zwingt,
Verstand und Wissenschaft, ist was den Sieg jetzt bringt.
Drum bleibet ungestört, und sicher bey Bellonen;
Denn Waffen, die ihr schärft, die müssen euch verschonen.

Apollo.

Gern wünscht' ich, wär der Mensch des Himmels Güte werth,
Und würde nur durch mich zu seinem Wohl gelehrt!
Doch meine Gaben selbst sind ihm ein Gift geworden,
Er fand durch Witz und Fleiß die Wissenschaft zu morden.

Bellona.

So hart benenne nicht das, was die Staaten schützt,
Von Fürsten Recht erzwingt, und ihre Thronen stützt.

Apollo.

Zuweilen - öfter stürzt - und - doch laß uns nicht streiten.
Muth, wenn Gefahren drohn, Verstand, den Muth zu leiten,
Dies beydes ward durch uns dem Sterblichen verliehn,
Mißbraucht er das Geschenk, so fällt die Schuld auf ihn.

Bellona.

Kein Mißbrauch ist es doch, allein nach heil'gen Rechten
Gewalt nur widerstehn, für Volk und Freyheit fechten.

Apollo.

So wie *Georg* jetzt thut.

Bellona.

Längst hab' ich ihn gekennt.

Apollo.

Gerechtigkeit und Macht sind nie bey ihm getrennt.

Bellona.

Ihn sah Germanien ein theures Leben wagen,
Um zu *Theresens* Schutz den Gallier zu schlagen.

Apollo.

Mehr als der Gallier *Theresen* da gedroht,
Droht er *Georgen* jetzt, und das auf ihr Gebot!

Bellona.

Nach andern Gründen oft, als weise Menschen richten,
Befiehlt die Vorsicht mir, der Großen Streit zu schlichten;
Gern schütz' ich doch das Recht: denn giebt mir ihre Hand
Kein kostbarer Geschenk, als einen *Ferdinand.*
Aus Ländern, wo ihr Heer die Beute ruhig theilte,
Flohn die Eroberer, eh' sie sein Stahl ereilte;
Und dreymal stärkre Macht, die voller Sicherheit,
Ihn zu verfolgen glaubt, ward schnell von ihm zerstreut;
Zu stolz auf eine Kunst, wo Niemand ihr soll gleichen,
Lernt sie des Deutschen Muth und seiner Kriegskunst weichen.

Apollo.

Auch das sprich noch von ihm: der Held, der menschlich denkt,
Klagt, daß sein siegreich Schwert im Menschenblut sich tränkt;
Beruhigt, nur weil es *Cheruscien* beschützet,

Und, wie das Schwert *Armin's,* für Deutschland Freyheit blitzet.

Bellona.

Ja, Rhein und Weser sehn noch Legionen fliehn;
Im *Ferdinand* und *Carl* verdoppelt sich *Armin.*

Apollo.

Doch Denen, die durch dich ihr Land zu schützen brennen,
Willst du der Siege Frucht, die Ruh', nicht einmal gönnen?

Bellona.

Ich hab' es schon gesagt, der Vorsicht Dienerinn,
Da, wo sie mir befiehlt, führ' ich die Meinen hin:
Auch braucht, wer mich verehrt, des Friedens stille Zeiten,
Er sammelt Kräfte sich, und lernt die Kunst zu streiten.

Apollo.

Und dir ist diese Zeit, die man schon längst nicht sah,
Die Kräfte sammeln läßt, entkräftet Deutschland, nah.
Der Fürsten würdigstem schenkt ein verlängert Leben
Das Glück, zum zweytenmal Europen Ruh' zu geben.
Froh wird *Cheruscien* den frohen Vater sehn,
Und Völkern, die für ihn erhört zum Himmel flehn,
Wird er zwar einstens spät, und stets noch früh verschwinden,
Doch Enkel werden ihn im Enkel wieder finden.

Fußnoten

1 Zu Göttingen im November 1759 gedruckt. Einige Studirende führten
damals ein Schauspiel auf, wozu ich um einen Prolog ersucht ward. Ich wählte
diesen Inhalt, weil die Aufführung an K. Georg II. Geburtstage geschah.

2. Sr. Durchl. dem Prinzen Friedrich von Braunschweig-Lüneburg etc. im Concert überreicht

Göttingen, den 30. November 1762.

Einst hing ein traurig Volk die Harfen an die Weiden,
Und sang nur, wenn es sang, Gefangenschaft und Leiden.
Wir, die ein gleicher Schmerz zwey Jahre lang gekränkt,
Wir haben an die Wand die Harfen nur gehängt:
Die Bäume konnten wir mit ihnen nicht beladen,
Die senkten sich um uns, gespitzt zu Palissaden.
Noch träumend fühlen wir das Wohl, das uns geschehn:

O *Prinz,* den wir zuerst von unsern Rettern sehn,
Der siegreich Friede bringt, und Hoffnung bessrer Zeiten,
Verzeih' den falschen Ton lang' ungestimmten Saiten.
Herrscht Ruh' und Freyheit bald, für die *Dein* Schwert geblitzt,
Für die *Dein* Heldenstamm so theures Blut verspritzt,
So wird der Dankbarkeit manch frohes Lied gelingen,
Den Schutz Germaniens, die *Guelfen,* zu besingen.

3. An Se. Königl. Hoheit Herrn Eduard August Herzog zu York etc.

Den 22. August 1765.

Im Namen einiger Studirenden.

Prinz!
Hier, wo stiller Fleiß, von Hof und Welt entfernt,
Aus Ruf und Büchern nur die Großen kennen lernt,
Doch Witz und Einsicht schärft, bald ihrem Dienst zu leben,
Und einer spätern Zeit ihr wahres Bild zu geben:
Hat froher als der Tag, den uns *Dein* Hierseyn macht,
Schon siebzehn lange Jahr' kein andrer sonst gelacht,
Als jener große Tag! da gingen Vaterblicke
Georg des ewigen auf seiner Schule Glücke,
Wie einst der Schöpfer sich zur Welt herabgeneigt,
Gebilligt was er sah, und Menschen Huld erzeigt.

Doch auf den goldnen Tag folgt' eine Zeit von Eisen,
Und Feinde mußte man hier als Beschützer preisen:
Wo Pflicht zur Freude wird, Gehorsam da zu weyhn,
So glücklich lässest Du uns jetzt, o Herzog, seyn,
Und Deiner Gnade Werth ein fröhlich Land erkennen,
Stolz, wie Britannien, sich auch Dein Land zu nennen.

Verzeih' ihm diesen Stolz! wär Welschland noch so schön,
Es ließ Dich größre Pracht, doch nicht Gehorsam sehn:
Da mußt' als Kenner Dich manch ewig Werk entzücken;
Verfallner Größe Rest zeigt es des Fürsten Blicken:
Europens Barbarey ward erst aus ihm gelehrt,
Ein *Newton* wird von ihm, ein *Leibniz* nun verehrt:
Eh' ein belebter Stahl in fernes Meer geleitet,
Hat es durch unsre Welt des Ostens Gluth verbreitet;
Nun ist sein Handel das, was die Galeere bleibt,
Die matter Sclaven Arm an nahen Ufern treibt:
Wenn, wo das Wallroß geht, wo Fische fliegend zagen,
Die Segel Albions Neptun und Aeol tragen,
Und von dem Ganges an, den Phöbus früh begrüßt,

Bis wo in ewig Eis sich Quebecs Strom ergießt,
Gefürchtet und verehrt vom Mogel zum Huronen,
Und auf dem Ocean die reichen Briten wohnen.

Herr, weil Dein Muth und Geist für ihre Schifffahrt wacht,
Steig' ihrer Flagge Ruhm und Deines Volkes Macht:
Daß unbesiegt *Georg* durch Dich der See gebiete:
Was auf der Erde wohnt, bezwingt Ihm Seine Güte.

4. An des Herzogs Ferdinand von Braunschweig Durchl., bey dessen Aufenthalte zu Göttingen

Den 5. Juli 1768.

In einer Versammlung der Königl. deutschen Gesellschaft, welcher der Herzog beywohnte.

Herr!
Oefters hat man hier schon Deinen Ruhm gehört,
Nicht den die Zeitung schreibt, den ein Professor lehrt;
Nein, voll Gefühl von Dir, voll Angst in allen Zügen
Erzählt ihn manches Heer, entflohn von Deinen Siegen.
Noch mehr hat uns von Dir der Gallier gesagt;
Gefangen, Dich geliebt, gewaffnet, nur gezagt.

Doch für der Feinde Lob, das Macht und Huld erzwingen,
Wählt froh dein gütig Herz den Dank, den Bürger bringen;
Genießt mit reiner Lust, von Mitleid unvergällt,
Das Glück Germaniens, durch Dich nun hergestellt;
Und merkt auf unsern Fleiß!
So hat Dein mächtig Loben,
O Herr, bey *Minden* einst der Sieger Muth erhoben.

5. Cantate bey der Trauer-Feyerlichkeit der Georg-Augustus-Universität über das Absterben ihres ersten Curators, Sr. Excellenz des wohlseligen Premierministers Freyherrn von Münchhausen

In der Universitätskirche den 28. December 1770 aufgeführt.

Vor der Rede.

Ach was für Töne banger Klagen!
Ach! Worte schreckensvoll zu sagen:
Er wacht nicht für *Augusta* mehr!
Er! groß an Weisheit, reich an Güte,
Durch den sie ward, durch den sie blühte.

B.A.

Seit sie entstand, ging auf ihr glänzend Glück
Aufmerksam, achtungsvoll, der ältern Schwestern Blick,
Man nannte sie, zu Deutschlands Ehre
Jenseit des Rheins, der Alpen und der Meere;
Ihr Schüler ward (so sey er's nur einmal!)
Der Gallier, der ihr befahl.
Stolz klinge das! doch werd' es ihr verziehn;
Denn Alles war sie nur durch *Ihn*.
Regiert durch Seines Geistes Stärke,
Durch Seine Huld geschützt, genährt,
War sie das Liebste Seiner Werke,
Der Gnade der *George*n werth.

Lang' gewohnt Ihm unser Glück zu danken,
Klagen wir, da Er uns früh enteilt;
Früh als Greis, noch mit des Mannes Kräften;
Mit des Mannes Eifer in Geschäften,
Nur Erfahrung, Reife der Gedanken,
Waren Ihm vom Alter zugetheilt.

B.A.

Nach der Rede.

Auch vor dem Ewigen, den Er unsterblich schauet,
Da denkt Er noch an uns zurück;
»Herr! war ich treu in dem, was du mir anvertrauet,
Dein Werkzeug für der Menschen Glück,
Gefiel Dir das, was Du durch mich gethan,
So sieh' es ferner gnädig an.«

B.A.

Und du, *Augusta!* sey es werth,
Daß Ihn für dich die Vorsicht hört;
Sey, was Er dir zu seyn empfohl,
Aus Pflicht für Ihn, und für dein Wohl!
Wenn stets in dir so reiner Eifer brennt,
Dann bleibest du, der frommen Treu' zum Lohne,
Dem Weisen werth, geschützt vom Throne,
Münchhausen's dauernd Monument.
So weit der Weisheit Strahlen glänzen,
So weit gehn Seines Ruhmes Grenzen;
Ihn nennt bewundernd, Dankesvoll,
Die Welt, die spät noch werden soll;
Und wünscht, an unser Glück zu reichen,
Sich Edle, die *Münchhausen* gleichen.

6. Ein Räthsel

Mein Beystand mehrt des Weisen Wissen,
Wenn er mit festverknüpften Schlüssen
Das x in einer Gleichung sucht:
Ich kann des Staatsmanns Ehrgeiz stillen,
Ich pflege sein Gehirn zu füllen,
Und bin oft seiner Arbeit Frucht:
Mein weiter Raum muß Alles fassen,
Auch das, was nichts umfassen kann;
Man trifft mich in der Großen Cassen,
Und in der Dichter Liedern an.
Das Eintrachtsband von Deutschlands Prinzen,
Des schlauen Frankreichs Redlichkeit,
Den Muth der handelnden Provinzen
Besitz' ich schon seit langer Zeit.
Mir gleichen *** kluge Werke,
*** Witz, und *** Stärke.